# ¡Feliz cumpleaños, Josefina!

## *Un cuento de primavera*

Valerie Tripp

Versión en español de José Moreno

Ilustraciones Jean-Paul Tibbles

Viñetas Susan McAliley

Pleasant Company

Published by Pleasant Company Publications

For information, address: Book Editor, Pleasant Company Publications, 8400 Fairway Place, P.O. Box 620998, Middleton, WI 53562.

Printed in the United States of America.
98 99 00 01 02 03 WCT 10 9 8 7 6 5 4 3 2 1



PERMISSIONS & PICTURE CREDITS
Grateful acknowledgment is made to Enrique R. Lamadrid for permission to reprint the verse on p. 58, adapted from "*Versos a la madre*/Verses to Mother" in *Tesoros del Espíritu: A portrait in sound of Hispanic New Mexico*, University of New Mexico Press, © 1994 Enrique R. Lamadrid.

The following individuals and organizations have generously given permission to reprint illustrations contained in "Looking Back": pp. 66-67—Museum of New Mexico Collections, Museum of International Folk Art, Santa Fe. Photo by Blair Clark (jar, mortar, pestle); Los Angeles County Museum of Natural History, accession #1609-14 (baptismal gown); *Nuestra Señora del Refugio/Our Lady of Refuge* by José Rafael Aragón. Museum of New Mexico Collections, Museum of International Folk Art. Photo by Mary Peck; pp. 68-69—International Folk Art Foundation Collections, Museum of International Folk Art. Photo by Blair Clark (toy horse); Virginia Johnson Collection, #32203, New Mexico State Records Center & Archives, Santa Fe (woman plastering); photo by James N. Furlong, courtesy Museum of New Mexico, neg. #138858 (goats); pp. 70-71—*Zuni Indians* by Willard Leroy Metcalf, The Hyde Collection, Glens Falls, New York; *Dancing on the Veranda* by A. F. Harmer. History Collections, Los Angeles County Museum of Natural History, photo of painting by Seaver Center for Western History Research, Los Angeles County Museum of Natural History; Martinez-Sandoval Collection, New Mexico State Records Center & Archives (proposal); p. 72—photo by Jesse L. Nusbaum, courtesy Museum of New Mexico, neg. #61817 (wedding).

Designed by Mark Macauley, Myland McRevey, Laura Moberly, and Jane S.Varda
Art Directed by Jane S.Varda
Translated by José Moreno
Spanish Edition Directed by The Hampton-Brown Company

**Library of Congress Cataloging-in-Publication Data**
Tripp, Valerie, 1951-
[Happy Birthday, Josefina! Spanish]
¡Feliz cumpleaños, Josefina!: un cuento de primavera / Valerie Tripp; versión en español de José Moreno; ilustraciones de Jean-Paul Tibbles; viñetas de Susan McAliley.
p. cm. — (The American girls collection)
"Libro cuatro"—P. [1] of cover.
Summary: Josefina hopes to become a "curandera" or healer like Tía Magdalena, and she is tested just before her tenth birthday when a friend receives a potentially fatal snakebite.
ISBN 1-56247-593-2 (pbk.)
[1. Healers—Fiction. 2. Ranch life—New Mexico—Fiction. 3. Mexican Americans—Fiction. 4. Aunts—Fiction. 5. New Mexico—History—To 1848—Fiction. 6. Spanish language materials.]
I. Moreno, José. II. Tibbles, Jean-Paul, ill. III. McAliley, Susan. IV. Title. V. Series.
PZ73.T748 1998 [Fic]—DC21 98-24013 CIP AC

PARA PEGGY JACKSON
CON MI AGRADECIMIENTO

Al leer este libro, es posible que encuentres ciertas palabras que no te resulten conocidas. Algunas son expresiones locales, que la población de habla española usaba, y usa aún hoy, en Nuevo México. Otras son usos antiguos que alguien como Josefina y su familia habría utilizado en el año 1824. Pero piensa que, si dentro de dos siglos alguien escribiera una historia sobre tu vida, es probable que nuestra lengua le resultara extraña a un lector del futuro.

# Contenido

EL PADRE
*El señor Montoya, que guía a su familia y dirige el rancho con callada fortaleza.*

ANA
*La hermana mayor de Josefina, que está casada y tiene dos hijitos.*

JOSEFINA
*Una niña de nueve años con un corazón y unos sueños tan grandes como el cielo de Nuevo México.*

FRANCISCA
*La segunda hermana. Tiene quince años y es obstinada e impaciente.*

CLARA
*La tercera hermana. Tiene doce años y es práctica y sensata.*

LA TÍA DOLORES
*La hermana de la madre.*
*Ha vivido diez años en*
*Ciudad de México.*

LA TÍA MAGDALENA
*La madrina de Josefina y una*
*respetada curandera.*

MARIANA
*Amiga de Josefina que*
*vive en el cercano*
*poblado indio.*

# Capítulo uno

# Primavera

Josefina adoraba la primavera. Le gustaba verla aparecer de pronto como un pájaro llevado por la brisa, ver la tierra despertar de su largo sueño de invierno y llenar el rancho de vida y animación. En primavera nacían las crías de los animales. En primavera el sol permanecía más tiempo en el cielo mientras, aquí y allá, brotaban las primeras plantas como pequeñas sorpresas verdes.

Josefina tenía una sorpresa que anunciar. Abrió de par en par la puerta del cuarto de tejer y asomó la cabeza: —Tía Dolores —dijo con ansiedad—, por favor, venga conmigo, quiero mostrarle algo maravilloso.

Dolores alzó la vista; la corriente que entraba por la puerta alborotó las páginas del libro de cuentas que reposaba sobre sus rodillas. El padre de Josefina estaba allí contando las frazadas ya acabadas y ella anotaba las cantidades con su pluma.

—Disculpe, papá, por la interrupción —dijo Josefina.

—No hay cuidado —dijo alegremente el señor Montoya— . Yo también quisiera ver algo maravilloso. Los números pueden aguardar, ¿no te parece, Dolores?

Dolores dejó la pluma: —Ciertamente— contestó.

El señor Montoya hizo una ligera reverencia y alargó la mano señalando la puerta. Dolores pasó majestuosamente junto a él, y juntos siguieron a Josefina, que cruzaba a toda prisa el patio hacia el rincón trasero.

—¡Miren esto! —exclamó.

Josefina se arrodilló y levantó un puñado de hojas secas. Unos pálidos brotes de color verde amarillento afloraban debajo entre la tierra. Josefina quitó otro puñado de hojas y luego otro y siempre

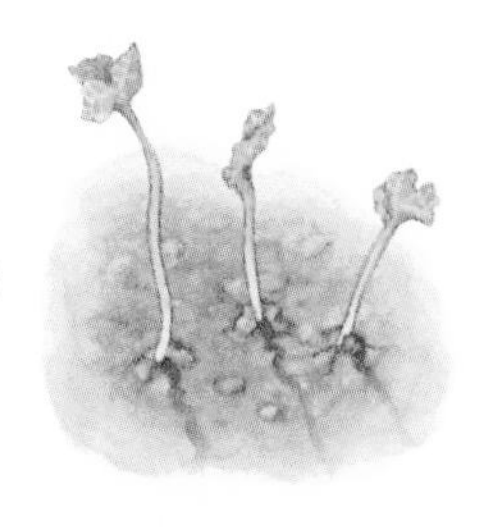

aparecían verdes retoños debajo de ellas.

—¡Hay brotes por todas partes! ¡Más que nunca! —exclamó la niña—. Este rincón estará lleno de flores muy pronto.

—Asín parece —confirmó su padre con voz complacida, poniendo una mano sobre la cabeza de la niña y alisándole cariñosamente el pelo.

Dolores se arrodilló también. A Josefina le agradaba que a su tía no le molestara mancharse la falda y las manos de tierra. Al inclinarse Dolores sobre los tallos, el sol brilló en su pelo rojizo y oscuro. Josefina sabía que su tía también estaba contenta porque esos brotes eran una promesa cumplida.

La madre de Josefina había plantado flores en aquel rincón y, durante el año transcurrido desde su muerte, Josefina se había encargado de cuidarlas con esmero. Pero Florecita, la cabra más malvada del rancho, las había arrancado y devorado todas el otoño anterior. Josefina pensó entonces que las flores de su madre no volverían a crecer jamás, pero su tía le prometió que todo se arreglaría.

Dolores se volvió hacia su sobrina y le preguntó sonriendo: —¿No te dije que unas flores con raíces tan hondas aguantan hasta las visitas de Florecita?

Josefina sonrió: —Ni ansina dejaré que Florecita se acerque a ellas.

—No te apures —dijo el señor Montoya—. Esta primavera, Florecita estará demasiado ocupada para entretenerse con flores: su chivito nacerá bien pronto.

—¡Ay, no! —exclamó Josefina fingiendo disgusto—. Espero que ese chivo no sea como su madre. No creo que pueda soportar a *dos* cabras tan horribles.

El señor Montoya y Dolores rieron con la niña. Aunque Josefina ya no le tenía miedo a aquella cabra, tampoco sentía hacia ella ni una *pizca* de afecto.

La noche era fría. Josefina se alegró de haber dejado los brotes protegidos por una capa de hojas secas y, aunque la sala estaba calentita, se alegró también de tener una frazada de lana sobre su regazo.

Josefina y sus hermanas, Ana, Francisca y Clara, estaban cosiendo frazadas. Como el tejido que salía del telar era bastante estrecho, había que coser dos bandas para formar una amplia frazada. Josefina daba puntadas firmes y rectas. Todas las hermanas eran buenas costureras y habían cosido muchas frazadas desde el otoño.

Dolores, que sumaba cantidades en el libro de cuentas, hizo una pausa al cabo de un rato y preguntó:

—¿Tu cumpleaños está ya al venir, no es cierto, Josefina?

—Sí, es el diecinueve de marzo, el día de San José —respondió la niña.

—Cuando mamá vivía siempre lo celebrábamos —dijo Francisca, la segunda hermana en edad. Francisca adoraba las fiestas.

—Pues este año también debemos celebrarlo —dijo Dolores.

Las niñas levantaron la vista encantadas.

—Al fin y al cabo tenemos mucho que celebrar —agregó su tía—. Es el día de San José, Josefina cumple diez años, ha llegado la primavera y... —Dolores sonrió— Dios mediante, tendremos un buen rebaño para entonces. Según mis cuentas hemos acabado sesenta frazadas, suficientes para cambiarlas por cuarenta y cinco borregas y cuarenta y cinco corderos.

—¡Qué gran noticia! —exclamó Josefina.
Francisca y Josefina dejaron sus labores y fueron a examinar el libro de cuentas por encima del hombro de su tía.

Ana, la hermana mayor, mumuró una oración para dar gracias a Dios. Clara, la tercera hermana, siguió cosiendo sin inmutarse.

—Bien está —dijo Clara—, pero eso no significa que podamos olvidarnos de las frazadas. Necesitamos *más* borregas.

—Beee, beee, beee —se burló Francisca—. ¡Mira que eres fastidiosa! Todas sabemos que noventa borregas y corderos no bastan para reemplazar los cientos que perdió papá en la crecida del otoño, pero como comienzo no está mal. Hemos de estar orgullosas, pues sesenta frazadas son muchas frazadas y *yo* he trabajado sin descanso.

Ana, Clara y Josefina se miraron y estallaron en carcajadas. Francisca, que se había quejado más que nadie del trabajo, parecía haber soportado ella sola todo el esfuerzo.

Francisca frunció el ceño con enojo, pero enseguida se unió a las risas:

—De acuerdo, no lo niego —admitió a regañadientes—, ustedes también han trabajado mucho.

—Si no hubiera sido por tía Dolores, seguramente no tendríamos ni *una* frazada que mercar —dijo Josefina—. Suya fue la idea de trocar frazadas por borregas.

Las muchachas asintieron con la cabeza y miraron con cariño a su tía. Tras la terrible pérdida de las borregas, Dolores había propuesto que las criadas, sus sobrinas y ella misma usaran la lana almacenada en el rancho para tejer frazadas y cambiarlas después por borregas. Ahora, justo cuando nacían los corderos de primavera, tenían sesenta frazadas.

—Papá estará muy complacido —dijo Ana.

—¿Cuándo crees que irá al poblado a cambiar las frazadas por las borregas de Esteban Durán? —preguntó Josefina. Esteban era un indio pueblo, gran amigo del señor Montoya.

—Pronto —respondió su tía, dirigiéndole una sonrisa

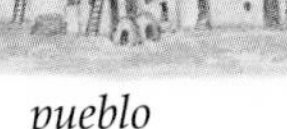

*pueblo*

por encima del hombro—. Tal vez querrías ir con él.

Dolores sabía que a Josefina le encantaba ir al pueblo para ver a su amiga Mariana, la nieta de Esteban.

—¿Puedo preguntarle ahora a papá si me permite acompañarlo? —dijo Josefina.

—Sí —contestó su tía, que siempre entendía los deseos de Josefina—. Corre y arrópate con el rebozo porque hace frío.

—¡Gracias! —exclamó Josefina dando un rápido abrazo a su tía.

La niña se cubrió la cabeza con el rebozo, pero una idea la detuvo cuando ya se apresuraba por la puerta:

—Tía, ¿no vendrá conmigo? Usted es quien debe contarle a papá lo de las frazadas.

Dolores estaba a punto de negarse cuando Ana y Francisca la interrumpieron a coro: —Vaya usted, la buena nueva es suya.

—Está bien —dijo Dolores riendo; después dejó a un lado las cuentas, tomó a Josefina de la mano y salió con ella a la fresca noche de primavera.

Hallaron al señor Montoya en el corral de las cabras. Estaba en el suelo junto a una chiva iluminada por un farol. Las miró cuando aparecieron, pero no dijo palabra.

—Papá, tía Dolores tiene una gran nueva... —Josefina comenzó a hablar entusiasmada, pero calló de pronto al ver que la cabra que yacía junto a su padre era Florecita. Nunca la había visto así: estaba tumbada de lado, apenas respiraba y tenía los ojos cerrados.

—¿Qué le ocurre? —preguntó.

—Florecita ha parido esta noche, pero está demasiado débil para amamantar a su chivita. Me temo que morirá —dijo el señor Montoya.

Josefina contempló a su vieja enemiga. En el rancho había visto morir a muchos animales, que para ella representaban sólo una posesión útil y valiosa. Sin embargo, al observar a Florecita, la cabra que la había acosado y embestido, la cabra que había destrozado las flores de su mamá, se conmovió por ella.

—¿No hay algo que podamos hacer? —preguntó.

—Se me hace que no —respondió el señor Montoya.

Josefina soltó la mano de su tía, se arrodilló junto a su padre y acarició el costado de Florecita, pero ésta ni se movió ni abrió los ojos. Su respiración se fue haciendo cada vez más lenta hasta que cesó por completo. Estaba muerta.

Josefina suspiró y dijo casi murmurando:

—¡Pobre Florecita!

De repente recordó algo importante y se volvió hacia su padre:

—¿Dónde está la cría de Florecita? —le preguntó.

El señor Montoya levantó su sarape. Allí, acurrucada en un brazo, tenía a la cabrita.

—¡Oh! —exclamó la niña suspirando.

Dolores también dejó escapar un suspiro y se arrodilló detrás de su sobrina.

Josefina alargó la mano y acarició con delicadeza la sedosa orejita de la cabra. El animal giró la cabeza y le empujó la palma de la mano con el morro.

—¡Oh! —volvió a exclamar la niña.

Josefina no pudo evitar una sonrisa cuando la cabrita abrió los ojos: eran amarillos como los de Florecita, pero sin el brillo perverso de su madre. Josefina supo de inmediato lo que debía hacer:

—Papá, ¿podría yo cuidar de la chivita? —preguntó.

La bondadosa cara del señor Montoya revelaba preocupación: —Está muy débil, Josefina —le dijo—; no es fácil criar a un animal tan delicado. Tal vez seas demasiado joven para esa responsabilidad.

—¡Ya casi tengo diez años! —exclamó Josefina—. Hágame la merced, déjeme probar.

El señor Montoya seguía dudando: —Debes darte cuenta de... —pero algo lo detuvo.

Dolores rodeó con el brazo los hombros de su sobrina. Después rozó la mano del señor Montoya de forma tan leve que Josefina creyó haber imaginado el gesto. Éste miró a su cuñada, y Josefina vio una pregunta reflejada en sus ojos. Dolores movió la cabeza; parecía saber lo que el señor Montoya trataba de decir y lo animaba a acabar.

El señor Montoya habló pausadamente: —Debes darte cuenta, Josefina, de que la chivita podría morir a pesar de tus atenciones. Piensa en lo que sentirías si te encariñases con la cabrita y luego muriese.

Josefina comprendió. Su padre temía que ella sufriera un gran dolor, como había ocurrido cuando murió su madre. Por un momento también se asustó, pero miró al animalito y sus dudas se desvanecieron: —He de intentarlo, papá; cuando una criatura del Señor está enferma o desvalida debemos socorrerla. ¿No es así?

La niña alargó los brazos hacia la cabrita diciendo: —Por favor, papá...

El señor Montoya suspiró y, con delicadeza, depositó la cabra en brazos de su hija. La niña apretó contra su pecho el cálido cuerpo del animal y le acarició la piel con la mejilla. La cabrita dio un leve balido, cerró los ojos y se durmió como si los brazos de Josefina fueran el lugar más seguro del mundo.

—Llévala a casa y arrímala al fuego —dijo el señor Montoya—. Yo buscaré un poco de leche; está demasiado débil para mamar de otra cabra. Tendrás que enseñarla a beber.

El señor Montoya se alzó y miró a su hija con la indefensa cabrita dormida entre los brazos: —Ahora es tuya y has de cuidarla.

—La cuidaré muy bien, lo prometo —dijo Josefina.

—¿Es ésa la chiva de Florecita? —preguntó Francisca—. ¡Qué linda y chiquita!

—*Muy* chiquita —añadió Clara—; esmirriada, diría yo. Para que esa chiva medre será menester mucho esfuerzo y desvelo.

—¡Pobre cabrita huérfana! —exclamó Ana con ternura.

Las tres hermanas rodeaban a Josefina observando la chivita ahora despierta en sus brazos. Dolores vertió en una escudilla la leche que había traído el señor Montoya y la colocó junto al fuego. Josefina acercó la escudilla a la cabra, pero el animalito no sabía qué hacer.

—Toma —dijo la niña poniendo frente a la boca de la cabra sus dedos mojados de leche. El animal parecía demasiado débil incluso para abrir la boca, pero acabó lamiendo la leche que se le ofrecía.

—Eso es —dijo Josefina—. Ansina se hace.

Con paciencia, la niña fue mojándose los dedos para alimentar a la cabrita casi gota a gota. A Josefina le agradaba el cosquilleo que aquella áspera lengua producía en sus dedos y lamentó que el animalito se durmiera sin haber vaciado la escudilla.

—Clara está en lo cierto: cuidar a esa cabra va a ser trabajoso —dijo Francisca—. Espero que se haga tan grande, pero no tan mala como Florecita.

—Yo también lo espero... yo también —dijo Josefina abrazando al animal.

Josefina y la cabra durmieron aquella noche en una gran litera que había sobre la chimenea de la cocina y que era conocida como la cama de los pastores porque éstos la usaban de cuando en cuando durante la noche para calentar allí a los corderos huérfanos. La cabrita dormía enroscada como un gato, con las patas escondidas bajo el cuerpo y la cabeza apoyada en la mano de Josefina. La niña se despertó varias veces para comprobar que el corazoncito del animal seguía latiendo y sentir el calor de su suave respiración en la mano.

*cama de los pastores*

La cabrita sobrevivió la noche. El señor Montoya apareció antes del amanecer llevando un odre de leche de cabra en cuya boca sujetó un trapo.

*Con paciencia, la niña fue mojándose los dedos para alimentar a la cabrita casi gota a gota.*

Josefina acercó el trapo a la boca de la chivita y ésta, tras dar un par de tímidos lametones, empezó a chupar ávidamente.

—¿Ha visto, papá, qué viva es? —preguntó Josefina.

—Sí —respondió su padre acariciando la cabeza de la cabra con el dedo.

Josefina pensaba que la cabra debía de ser *muy* lista si había aprendido a beber del odre. De hecho creía que, a pesar de ser *tan* pequeña, la chiva de Florecita era un animal extraordinario en todos los sentidos.

La cabrita se fue fortaleciendo a medida que pasaban los luminosos días de primavera. Parecía crecer con el calor del sol, la tibia leche y el cálido afecto de Josefina. Al poco tiempo ya seguía a la niña a todas partes sobre sus veloces y robustas patitas.

—Es como tu sombra —bromeaba Dolores, y así comenzaron a llamarla Sombrita.

Todo el mundo se acostumbró a ver aquí y allá a la inseparable pareja. Al amanecer, cuando Josefina bajaba al río por agua para la casa, Sombrita trotaba torpemente tras ella. Cuando Josefina daba de comer a las gallinas, éstas cacareaban y se alborotaban ante la constante presencia de la cabra. Cuando Josefina barría, Sombrita perseguía la escoba como si barrer fuera un juego y la escoba un juguete. Sombrita dormía plácidamente junto al telar cuando Josefina tejía, y balaba escandalosamente cuando la niña tomaba sus clases de piano con la tía Dolores. ¡Qué agradable era bajar la vista y ver a la feliz cabrita estirando la cabeza en busca de una caricia, un abrazo o unas cosquillas por detrás de la blanda oreja!

Sombrita era cada día más juguetona, y Josefina debía vigilarla sin descanso. El rancho era un lugar peligroso para una criatura tan pequeña. La patada de una mula o el pisotón de un buey podían dejarla maltrecha, pero lo que más preocupaba a la niña eran las serpientes, que en esa época se despertaban hambrientas de su letargo de invierno. En primavera no era raro que las serpientes de cascabel atacaran y mataran a las crías de los animales. Josefina nunca se alejaba de Sombrita. Había prometido cuidarla y estaba decidida a cumplir su promesa.

CAPÍTULO

DOS

# TÍA MAGDALENA

Era un día cálido. Dolores y sus cuatro sobrinas plantaban semillas en el huerto. Josefina hacía un hoyo con un palo puntiagudo, echaba la semilla, la cubría y daba unas palmaditas para allanar la tierra. Siempre le gustaba dar una palmada de más para animar a la semilla. Las hermanas atendían el huerto con esmero. En verano subían todos los días agua del río para mantener húmeda la tierra, arrancaban la maleza y espantaban los insectos. En otoño recogían frijoles, chiles, calabazas y melones.

—¡De buena gana me comería una rodaja de melón ahora mismo! —exclamó Francisca.

—Yo también —dijo Josefina, que descansaba

acuclillada; en las rodillas sentía el frescor de la tierra, pero el sol le calentaba los hombros.

—Tendrán que aguardar hasta el final del verano —dijo Clara—. Nos comimos todos hace ya meses.

—Menos mal que logramos salvar tantos melones —añadió Ana recordando la tormenta que había acabado con las borregas e inundado el huerto.

—Si Dios quiere recogeremos todo lo que hemos plantado hoy —dijo Dolores. Luego señaló con la cabeza a Sombrita, que balaba a los pájaros que revoloteaban sobre el huerto, y agregó: —Esa fiera está ahuyentando a los pájaros que intentan hurtarnos las semillas.

Las muchachas rieron: aquellos pájaros atrevidos no tenían ningún miedo de Sombrita. La cabra notó que era el centro de atención y comenzó a exhibirse pateando al aire y balando más fuerte que antes.

—¿Qué animal arma esa bulla? —preguntó una voz de mujer; era la tía Magdalena, la hermana mayor del señor Montoya, que llegaba de la aldea.

Todas la saludaron con cortesía, y Dolores

respondió a la pregunta: —Es Sombrita; Josefina la ha cuidado desde que nació porque la madre murió —dijo en un tono que reflejaba cariño y orgullo.

—Todos pensábamos que Sombrita moriría también —añadió Clara con la naturalidad que la distinguía—. Era lastimoso verla tan débil.

A la tía Magdalena pareció interesarle la historia. Se agachó, recogió a Sombrita y la acarició con delicadeza. La cabra se acomodó tranquilamente en sus brazos. Magdalena miró luego a Josefina con sus tiernos ojos castaños:

—¿Por qué decidiste cuidar a Sombrita? —le preguntó.

Josefina no sabía qué responder: —Yo... yo no lo pensé mucho —dijo sinceramente—; sólo... debía hacerlo, eso es todo.

—¿Ha sido trabajoso? —le preguntó su tía Magdalena.

—¡No, no! —contestó la niña—. Me gusta cuidar de Sombrita.

—Has hecho una buena labor —dijo Magdalena, entregándole la cabra—. Sombrita parece muy saludable.

—Gracias —dijo Josefina, complacida por los

elogios de su tía.

La tía Magdalena era un miembro importante de la familia, y especialmente para Josefina porque era su madrina. En el pueblo también se la tenía por persona importante y respetada. Era curandera y sanaba a la gente mejor que nadie. Quien estaba enfermo o herido buscaba sus cuidados, y ella siempre sabía qué hacer.

Magdalena se dirigió a Dolores: —Aquí tienes las hojas de tanaceto que me pediste. Dile a tu cocinera Carmen que haga un cocimiento con ellas si a su esposo vuelve a dolerle la barriga.

—Gracias —dijo Dolores tomando las hojas.

—Dile también que no las use todas de golpe porque no ando sobrada —añadió Magdalena—. Para estas fechas de primavera suele haber tanaceto en flor por todas partes, pero no he logrado hallar ninguno este año.

*tanaceto*

—He visto algunas plantas cerca del río —dijo Josefina.

—Tus jóvenes ojos ven mucho más que los míos ya viejos. Tal vez me podrías recoger algunas —Magdalena inclinó la cabeza, miró a Josefina como si estuviera reflexionando y añadió—: Acaso cuando vengas a traerme las hojas te podrías quedar un tiempo a ayudarme. Mi despensa necesita una buena limpieza.

—¡Me encantaría! —exclamó Josefina.

—Bien —dijo Magdalena con una sonrisa.

Josefina se sonrojó de orgullo y alegría. ¡Qué gusto haber complacido a la tía Magdalena!

Al día siguiente, Josefina caminó hasta el pueblo dando brincos bajo un luminoso cielo azul. Llevaba un manojo de tanaceto para la tía Magdalena. Su padre, Dolores y sus tres hermanas la acompañaban, pero Sombrita había quedado bajo la atenta vigilancia de Carmen. Aunque extrañaba a Sombrita, Josefina sabía que llevar a la cabrita habría sido una molestia. Esa mañana, los hombres y muchachos iban a limpiar las acequias mientras las mujeres y muchachas repellaban las paredes de la iglesia. Por la tarde ayudaría a su tía Magdalena y estaría demasiado atareada para ocuparse de Sombrita.

Casi todos los vecinos estaban ya

*acequia*

reunidos en la plaza cuando el señor Montoya llegó con su familia.

—Buenos días —saludó la gente.

—Buenos días —respondió el señor Montoya—. Gracias a Dios hace un buen día para la faena.

—Bueno es —dijo el señor Sánchez, el encargado de las acequias—. Empecemos.

Los hombres se echaron las herramientas al hombro y se pusieron en camino. La limpieza de acequias era esencial en primavera. Cuando, más adelante, comenzara a derretirse la nieve de los montes, las acequias debían estar libres de hojas, ramas y hierba para que así el agua fluyera por ellas hasta los campos. Sin el agua, nada de lo que se había sembrado crecería.

—También nosotras hemos de empezar —dijo la señora Sánchez.

Las mujeres y muchachas asintieron, se quitaron los zapatos, se taparon el pelo y se remangaron las faldas y las mangas. Repellar la iglesia también era muy importante. Normalmente se hacía con la primavera más avanzada, pero como el tiempo había sido especialmente cálido durante las semanas anteriores, la tarea se había adelantado. Josefina estaba contenta. Al tomar el primer puñado de barro arenoso decidió que aquello era divertido.

—¡Cuidado! —le gritó Josefina a Clara, que estaba entre ella y la iglesia. Clara se agachó y Josefina lanzó el puñado de barro contra el muro donde, *¡plaf!*, se quedó aplastado.

Clara, que era muy aseada y *aplicaba* el barro directamente sobre la pared, dijo riéndose:
—Acabarás salpicada de arriba abajo si lo haces así.

Cuando se puso a extender y alisar el barro sobre los ladrillos de adobe, Josefina pensó que hasta Clara estaba ese día más risueña y relajada. Las mujeres y las muchachas platicaban intercambiando chismes mientras hacían su trabajo. Las señoras más ancianas, que estaban sentadas a la sombra cuidando a los bebés, decían chistes en voz alta y animaban a las trabajadoras. De vez en cuando, alguna entonaba una canción y todas las demás se unían a ella. Un coro de voces altas, bajas, afinadas y desafinadas se elevaba en torno a la iglesia.

*adobes*

Josefina disfrutaba arreglando las paredes de la iglesia. Más tarde, ella y otros niños treparon al

*Clara se agachó y Josefina lanzó el puñado de barro contra el muro donde, ¡plaf!, se quedó aplastado.*

tejado para extender por él también una capa de barro. A Josefina le encantaba la sensación que producía el barro cuando se le escurría entre los dedos de los pies. Era maravilloso estar allí arriba, algo más cerca de las enormes nubes blancas y del luminoso cielo azul. Josefina y los otros niños gritaban de alegría deslizándose sobre el barro resbaladizo para aplastarlo y alisarlo.

—¡Josefina! —gritó Clara desde abajo; estaba parada y miraba hacia arriba protegiéndose los ojos del sol con la mano—. Remángate la falda hacia atrás un poco más o te la mancharás y estarás hecha un desastre cuando vayas a ver a tía Magdalena.

—Y cúbrete la cara con el rebozo —dijo Francisca—, se te está poniendo la nariz colorada como jitomate.

Josefina miró hacia abajo y vio a Clara, tan sensata y aseada, y a Francisca, siempre preocupada por su piel. Sabía que en el fondo la envidiaban porque eran demasiado mayores para subir al tejado.

*Tener casi diez años es estupendo,* pensó mientras chapoteaba en el barro entusiasmada. *Es la edad ideal: no soy demasiado mayor para resbalar por el tejado y, sin embargo, tengo años suficientes para cuidar de Sombrita y ayudar a la tía Magdalena.* Saludó con la mano a sus hermanas, pero siguió disfrutando sin hacerles caso.

—¡Dios te bendiga! —dijo Magdalena cuando vio a su sobrina en el umbral de la puerta con el ramillete de tanaceto—. Pasa, pasa.

—Gracias —dijo Josefina.

La niña entró y aspiró profundamente: ningún lugar del mundo olía como aquella casa. Le recordaba el rincón del patio trasero cuando el sol iluminaba las flores de su madre. Pero el aroma de las flores se mezclaba aquí con la aguda y picante fragancia de las especias y con el fuerte olor a tierra húmeda que desprendían los manojos de hierba colgados de las vigas.

La tía Magdalena sonrió al ver a Josefina contemplando las hierbas: —Te gustaría saber para qué sirven, ¿verdad? —le preguntó.

Josefina asintió con la cabeza, preguntándose cómo lo habría adivinado su tía.

—Las hojas de hierbabuena alivian los dolores de barriga, el poleo baja la calentura, y con las flores de manzanilla hago un cocimiento para curar el cólico a los más chiquitos —explicó Magdalena, señalando cada hierba—. Y hablando de chiquitos, ¿cómo está la linda Sombrita?

—Está *muy* bien, gracias —respondió Josefina con una sonrisa.

—Tiene *harta* fortuna de que la cuides —dijo su tía con cara contenta.

Magdalena era mucho mayor que el señor Montoya. Su cabello gris estaba salpicado de mechones blancos. Cuando sonreía, como ahora, su expresión era muy viva, y cuando caminaba sus pasos eran veloces y ligeros.

—Hemos de trabajar —dijo—. Ven conmigo.

La tía Magdalena condujo a su sobrina hasta una pequeña despensa situada en la parte trasera de la casa. Aunque el techo era bajo y sólo había un ventanuco, el cuarto parecía luminoso gracias al blanco resplandor de los muros encalados y al brillante amarillo de la madera pulida de la mesa y los marcos de las puertas. De las vigas colgaban más hierbas, y a lo largo de una pared había estantes con vasijas de todas las formas y tamaños.

Magdalena volvió la cara hacia las vasijas:
—Aquí es donde preciso tu ayuda —le dijo a la niña, con un destello en los ojos—. ¿Por qué no hacemos un juego? Tú bajas un frasco, miras lo que hay dentro y tratas de adivinar lo que es. Yo limpio el frasco, tú limpias el estante y luego pones el frasco en su sitio otra vez. ¿De acuerdo?

—¡Sí! —exclamó Josefina alargando el brazo hacia la vasija más grande e imponente, un jarrón de cerámica azul y blanca.

—¡No, ése no! —exclamó Magdalena—. Está vacío.

—Parece muy viejo —dijo Josefina.

—Y en verdad lo es —dijo su tía—. Tal vez sea el objeto más viejo de esta casa, ¡más viejo que yo misma! —bromeó—. Es un tarro de botica; no sé cómo llegó a parar a nuestra aldea, pero lleva aquí más de cien años. Me lo dio la curandera anterior y ella lo recibió de la curandera anterior a ella. Se me hace que mucho tiempo atrás había un juego completo de tarros, pero éste es el único que queda.

Magdalena señaló luego un frasco más pequeño

que estaba junto al jarrón azul y blanco:
—Empecemos por ése —dijo.

Josefina lo bajó del estante y miró en su interior:
—Parecen tallos de calabaza —dijo la niña—. ¿Puede ser?

—Sí —dijo su tía—. Tienes buen ojo para las plantas.

Josefina limpió el estante, y su tía el frasco.

—Nada en el mundo es mejor para el dolor de garganta —añadió Magdalena—. Se tuesta y se muele el tallo, se mezcla el polvo con tocino y sal y se aplica el ungüento por fuera y por dentro de la garganta.

Josefina hizo una mueca al oler el contenido del siguiente frasco: —Creo que esto es manteca de oso.

—Acertaste de nuevo —dijo su tía—. Esa manteca se mezcla con cebolla y se frota sobre el pecho para aliviar la congestión.

Josefina estornudó al abrir el siguiente frasco.

—Eso debe ser inmortal —dijo Magdalena riendo—. Te hace estornudar, estornudar y estornudar, y cuanto más estornudas, más pronto se te cura el catarro.

Josefina disfrutaba ayudando a su tía. Cada

frasco poseía una historia porque cada uno contenía un remedio usado por Magdalena. Había sangre de venado seca que se bebía mezclada con agua para recuperar el vigor. Había un vinagre tan potente que le aguaba los ojos a Josefina y que se usaba como bálsamo para detener las infecciones. Había una hierba apestosísima que calmaba el dolor en las articulaciones. Josefina reconocía casi todas las sustancias, pero una le resultó extraña: —¿Qué es esto? —le preguntó a su tía.

—Es raíz de altea —contestó Magdalena—. La

trituro y preparo un ungüento que se aplica a las mordidas de serpiente de cascabel para sacar el veneno. Guarda una en tu bolsa, llévatela a casa y algún día pregúntale a tu padre si la reconoce —añadió con ojos maliciosos.

*raíz de altea*

—¿A papá? —preguntó Josefina.

—Sí. Una vez, cuando tenía más o menos tu edad, estaba cuidando las borregas e intentó espantar una serpiente de cascabel arrojándole un canto con la honda. No atinó, y la víbora enfurecida lo mordió. Tu padre consiguió matarla con una piedra antes de venir a pedirme socorro. Aquello fue muy valeroso, pero también un poco necio porque el veneno puede ser mortal si no se saca al punto —Magdalena movió la cabeza y continuó—. Nunca olvidaré como avanzaba hacia mí, tan orgulloso de su hazaña, con la víbora muerta sobre los hombros.

Josefina metió la raíz en su bolsa y se estremeció. Odiaba hasta *oír* hablar de serpientes, pero le gustaba escuchar las historias que contaba su tía de cuando su padre era muchacho.

—Tu padre fue siempre temerario y obstinado, demasiado para su conveniencia —prosiguió

Magdalena mientras limpiaba un frasco—; y también callado, aunque eso no importaba cuando vivía tu madre, porque ella siempre estaba al tanto de sus pensamientos.

Josefina estaba sorprendida de lo fácil que resultaba hablar con la tía Magdalena acerca de su madre mientras trabajaban: —A veces parece que haya pasado mucho tiempo desde que murió mamá —dijo la niña—. Otras veces parece que acaba de ocurrir. Y a veces veo a mamá en sueños y siento que todavía está con nosotros.

—Sí —dijo Magdalena; sus ojos parecían leer el corazón de su sobrina—. Y para ti siempre será así.

—Es cierto —confirmó Josefina, pasando el paño por un estante—. Y creo que para papá también, aunque ya no está tan triste y silencioso como cuando mamá murió. Las cosas han mejorado desde que llegó tía Dolores. La necesitábamos.

—Bueno, acaso *ella* también los necesite a *ustedes* —agregó Magdalena, pasándole otro frasco a Josefina.

Josefina se preguntó qué habría querido decir su tía, pero ésta la interrumpió diciendo: —Me parece que es hora de tomar una taza de té, ¿no crees?

Así que Josefina no tuvo oportunidad de preguntar.

CAPÍTULO

TRES

# OTRA OPORTUNIDAD

Ya sentadas tomando té y galletas, Magdalena le dijo a su sobrina: —Has hecho un buen trabajo.

—Gracias —respondió la niña—, me complace mucho poder ayudarla.

Josefina sorbió el té de hierbabuena caliente y reunió valor para expresar sus pensamientos: —He disfrutado mucho esta tarde y estaba pensando... estaba pensando que me gustaría ser curandera de mayor.

Magdalena escuchaba, estudiando la cara de su sobrina.

Josefina se sintió alentada: —¿Me podría enseñar? O sea... cuando tenga edad para ello, ya sé que ahora soy demasiado chica.

Magdalena reflexionó un momento y luego respondió con voz afable:

—Una no decide sin más ser curandera; has de saber qué hierbas sanan cada dolencia, has de ser atenta y observadora, pero ante todo has de ser capaz de curar.

—¿Capaz de curar? —repitió la niña—. ¿Cómo sabré si lo soy?

—Lo sabrás —dijo su tía—. Si tienes ese don, lo percibirás claramente, tú y todo el mundo.

—Espero tenerlo —dijo Josefina suspirando.

—Lo descubrirás a su hora —dijo la tía.

Mientras Magdalena recogía las tazas, Josefina regresó a la despensa para terminar la limpieza. No podía dejar de pensar en las palabras de su tía. ¡Cuánto deseaba poder probarle que era capaz de ser curandera!

Josefina examinó el jarrón azul y blanco colocado sobre el estante y recordó cómo había pasado de curandera a curandera. Estaba cubierto de polvo. Seguro que su tía quedaría encantada de que lo limpiase. La niña se puso de puntillas para bajar el jarrón, pero sólo lo alcanzaba con una mano.

Le dio una palmadita para acercarlo al borde y agarrarlo con las dos manos y... ¡CATAPLÁS!

El jarrón cayó al piso y se hizo añicos. A Josefina se le detuvo el corazón. Por un espantoso momento se quedó inmóvil contemplando horrorizada lo que había hecho. Luego, sin pensarlo, salió precipitadamente del cuarto, pasó por delante de su tía, cruzó la puerta y corrió tan aprisa como pudo.

*¡Qué vergüenza, Díos mío, qué vergüenza!* Esas palabras retumbaban en la cabeza de la niña a cada paso. Corría sin saber adónde, y siguió corriendo aún más rápido, dejando atrás la aldea por el camino del rancho, hacia la casa, hasta llegar al huerto. Allí trepó a su albaricoquero preferido. Las ramas estaban repletas de brotes, pero no había ni una flor para ocultar a Josefina. *¿Cómo he podido ser tan torpe?* pensó la niña. *Ese jarrón era un tesoro para la tía Magdalena y yo lo he destrozado. ¡Y luego he huido! ¡Qué necedad! ¡Qué niñería! Eso no lo hace una niña que tiene casi diez años. ¡Nunca jamás podré volver a mirar a la cara a la tía Magdalena!*

Josefina se abrazó al tronco. Tibias lágrimas le

resbalaban por la mejilla. Llevaba allí sentada un rato cuando oyó una voz: —¿Josefina?

Miró hacia abajo por entre las ramas y vio la cara de la tía Dolores vuelta hacia ella. Entonces sintió que se le derretían los huesos. Se deslizó árbol abajo para refugiarse en los brazos de su tía y hundir la cara en su hombro sumida en el llanto. Dolores le acarició la espalda y la dejó llorar. Cuando cesaron los sollozos, Dolores le tocó la mejilla con su fresca mano y la miró con comprensión.

—Tu padre fue a buscarte a casa de la tía Magdalena para acompañarte de regreso —dijo—. Ella le contó lo que había ocurrido y él me lo contó a mí.

—¿Está enojada la tía? —preguntó Josefina—. ¿Y papá?

Dolores alisó el pelo de la niña: —Están tristes y...

—Y decepcionados —concluyó Josefina.

La niña se limpió bruscamente las lágrimas y añadió: —Rompí el frasco más preciado de la tía Magdalena y luego empeoré las cosas al salir corriendo. Lo he arruinado todo.

—¿Todo? —preguntó su tía.

Josefina se sentía tan avergonzada e infeliz que a duras penas conseguía hablar: —Esperaba que la tía Magdalena me enseñara a ser curandera cuando fuese mayor, pero ahora ya no querrá.

—Ah, ya veo —dijo Dolores—. ¿Puedes decirme por qué deseas ser curandera?

—Es difícil de explicar —contestó Josefina; la niña metió una mano en su bolsa y tocó la raíz que le había dado su tía Magdalena—. Me gusta ayudar a la gente, hacer que se sienta mejor y... y siempre me he preguntado por qué mamá eligió a la tía Magdalena para que fuera mi madrina. Tal vez esperaba que yo fuese curandera.

—Quieres decir que acaso deseaba lo que tú deseas —dijo Dolores abrazando a la niña—. Sabes lo que has de hacer ahora, ¿verdad?

—Sí —respondió Josefina—, limpiar el destrozo y pedir perdón a la tía Magdalena.

—También debes pedirle otra oportunidad —añadió Dolores.

La niña suspiró con desaliento. Dolores se agachó entonces para que sus ojos estuvieran a la altura de los de su sobrina: —En primavera siempre hay una nueva oportunidad —dijo—. ¿No volvieron a crecer las flores de tu madre? ¿No tuvo Sombrita otra oportunidad para vivir cuando tú prometiste cuidarla? A todos se nos ofrece otra oportunidad, pero hay que tener valor para aprovecharla —añadió sonriendo.

Josefina abrazó a Dolores. ¡Ojalá tuviera razón! ¡Ojalá la tía Magdalena le diera otra oportunidad! ¡Cuánto se lo agradecería!

Magdalena sólo tuvo una cosa que decir tras las disculpas de la niña: —El jarrón no tiene arreglo, pero tal vez tus esperanzas sí lo tengan.

Josefina siempre se sentía animada después de tomar una determinación. Lo ocurrido en casa de su tía la atormentaba, pero no iba a permitir que un error destruyera sus esperanzas. Aún quería ser curandera. Su tía Magdalena le había dicho que ella y todo el mundo verían claramente si tenía el poder de curar y estaba decidida a averiguarlo. Para no olvidar su decisión Josefina mantenía en la bolsa la raíz que su tía le había dado.

Los días eran fríos y lluviosos, como si el invierno hubiera regresado, pero el día antes de su cumpleaños las nubes grises se blanquearon por fin y el sol volvió a brillar. Esa mañana de primavera rebosante de ilusiones, Josefina se encaminó hacia el poblado con su padre y su criado Miguel.

El señor Montoya y Miguel conducían una recua de mulas. Los animales iban cargados de frazadas envueltas en tela para protegerlas del barro que levantaban las mulas al andar. El camino serpenteaba siguiendo el curso del río. Las orillas estaban moteadas de flores, y los pájaros competían para ver cuál trinaba más alto. Josefina no podía evitar un sentimiento de orgullo al ver aquellas frazadas: ella había tejido algunas, y ahora su padre iba a cambiarlas por las borregas de su amigo Esteban.

Tenía además otro motivo para estar contenta: iba a ver a su amiga Mariana, la nieta de Esteban. Guardada en la faja llevaba a Niña, porque sabía que a Mariana le gustaba jugar con muñecas. Y, por supuesto, se había traído a la fiel Sombrita para que

Mariana la conociera.

El poblado de los indios se hallaba a cinco millas del rancho, río abajo. Sombrita se rezagó apenas recorrida una milla, y Josefina tuvo que llevarla en brazos. La niña sintió alivio cuando el poblado surgió de pronto donde el río se ensanchaba, alzándose entre la corriente y las montañas. Sus edificios eran de adobe como la casa de Josefina, pero mucho más altos porque estaban construidos unos sobre otros. Unas escaleras comunicaban los diferentes niveles.

Cuando por fin llegaron, se dirigieron a la enorme plaza central, recién barrida, donde fueron recibidos por niños pequeños y perros curiosos. La asustadiza Sombrita escondió la cabeza entre los brazos de Josefina.

Esteban los esperaba en el portal de su casa:

—Bienvenido —le dijo al señor Montoya.

—Gracias, amigo, que Dios te bendiga —respondió el señor Montoya.

Miguel comenzó a descargar las frazadas. Sombrita se quedó afuera con él, y Josefina y su padre siguieron a Esteban

al interior de la casa. Los invitados se sentaron junto al fuego. Enseguida aparecieron Mariana y su abuela con escudillas de comida. Había pastelitos rellenos de fruta y olorosas tazas de té caliente. Mariana dio la bienvenida a Josefina con una mirada y una tímida sonrisa; las niñas sabían que debían estar calladas, porque habría sido mala educación hablar si no les preguntaban algo los mayores.

Mientras comían, el señor Montoya y Esteban platicaban del tiempo, las cosechas y el ganado. El señor Montoya le contaba a su amigo la reunión que habían celebrado los hombres de la aldea para decidir cuánta agua de las acequias le correspondería a cada uno. Esteban detallaba la cantidad de lana que se había obtenido durante el esquileo de primavera. Sabía que el señor Montoya había acudido a comerciar pero ninguno de los dos mencionaba el asunto. Empezar hablando de negocios habría resultado descortés. A veces se sumergían en un grato silencio, como si dispusieran de todo el tiempo del mundo.

Josefina, sin embargo, aguardaba impaciente el

momento de presentarle su chivita a Mariana. Intentaba permanecer tan quieta en el asiento como su amiga, pero no era fácil. Los hombres terminaron por fin de comer. Cuando Mariana y su abuela recogieron las escudillas, Josefina admiró los airosos pasos que daba su amiga con sus blandos mocasines de venado. Una bella frazada sujeta por una faja de tela le colgaba desde un hombro. Su pelo negro enmarcaba su cara y el flequillo le caía hasta las cejas.

—Mi buen amigo, gracias por traer las frazadas —dijo Esteban.

—Gracias por aceptarlas —respondió el señor Montoya—. He venido con sesenta.

—Bien, cuando las borregas estén crecidas te las llevaré al rancho —dijo Esteban.

El señor Montoya asintió con la cabeza. Entre ellos siempre hacían así los tratos. Nunca ponían nada por escrito: la palabra de Esteban era suficiente. El señor Montoya decía que su familia y la de Esteban se habían respetado y habían comerciado honradamente toda la vida.

Josefina sabía que ese verano su padre y Esteban iban a comerciar por primera vez con los americanos que llegaban a Santa Fe desde Estados Unidos.

—Espero que mercar con los americanos nos sea de beneficio —dijo el señor Montoya.

Esteban movió la cabeza para indicar que compartía esa esperanza.

Mariana consiguió entonces atraer la atención de su abuelo y éste sonrió. Las dos niñas sabían lo que eso significaba: por fin podían salir. Se alzaron ansiosas y corrieron hasta la calle deslumbrante de sol. Josefina agarró a Sombrita y se la mostró a Mariana: —Ésta es mi Sombrita —dijo—. La llamamos así porque me sigue a todas partes como mi sombra.

Los ojos de Mariana se abrieron como platos: —¡Oh! —suspiró encantada antes de rascar a Sombrita detrás de la oreja, justo donde más le gustaba—. ¿Nos seguirá hasta el río? —preguntó.

—¡Claro! —exclamó Josefina—. ¡Mira!

De camino hacia el río, Josefina y Mariana miraban de vez en cuando hacia atrás y soltaban risitas al ver a Sombrita pisándoles los talones. A la orilla del agua encontraron un lugar soleado para jugar. Sombrita se acurrucó sobre la hierba cálida y se durmió. Josefina sacó a Niña de la faja. La muñeca que tenía Mariana estaba hecha de hojas de maíz. A las niñas les gustaba jugar a que sus muñecas eran hermanas; les hacían collares de flores y botecitos con cortezas de árbol.

Acababan de echar los botes al río cuando Josefina se puso en pie de repente y le preguntó a Mariana:

—¿Dónde está Sombrita? No la veo.

Mariana también se paró. Las niñas se protegieron los ojos del sol con la mano y miraron a su alrededor, pero la cabrita blanquinegra no aparecía por ningún lado.

—Tenemos que buscarla, no puede andar muy lejos —dijo Josefina.

Mariana recogió su muñeca, Josefina volvió a meterse a Niña en la faja y las dos fueron caminando por el estrecho sendero que llevaba río abajo. Josefina confiaba en que ésa fuera la dirección adecuada: todavía se divisaba el poblado a su espalda, aunque parecía hacerse más pequeño a cada paso. Ambas sabían que no debían alejarse tanto, pero tenían que encontrar a Sombrita; no podían detenerse. Cuanto más se alejaban, más

*A las niñas les gustaba jugar a que sus muñecas eran hermanas; les hacían collares de flores y botecitos con cortezas de árbol.*

aprisa avanzaban y más se preocupaban.

Ninguna de ellas dijo una palabra durante un buen rato. Por fin habló Josefina, como pensando en voz alta:

—Sombrita no está perdida —dijo tratando de contener su temblor—; no está perdida mientras no dejemos de buscarla.

Siguieron caminando angustiadas. Pasada una curva, Josefina entornó los ojos: a lo lejos creía distinguir algo blanco y negro sobre la hierba. ¿Sería verdad? ¡Sí! ¡Era ella! A la niña le brincó el corazón:

—¡Sombrita, Sombrita! —gritaba mientras corría.

Sombrita no se volvió. Estaba examinando algo con curiosidad, como si se tratara de un nuevo y divertido juguete. Cuando vio lo que era, Josefina se quedó inmóvil. Toda su alegría se había convertido en terror. Entre ella y la chivita había una enorme serpiente de cascabel.

La niña tragó saliva. Le sudaba la frente y sentía un extraño hormigueo en el estómago. La serpiente estaba enroscada y lista para atacar. Josefina oyó el pavoroso sonido de su cascabel, vio su temible lengua saliendo y entrando de la boca, vio sus redondos ojos hundidos, brillantes y negros como el azabache. La niña se mordió el labio. La cruel mirada de la serpiente estaba clavada en Sombrita.

CAPÍTULO
CUATRO

# LA SERPIENTE

—Josefina —murmuró Mariana, que también había visto a la serpiente.

Josefina le indicó a su amiga que se detuviera; sólo pensaba en una cosa: *¡Tenía que salvar a Sombrita!* Luego se agachó lentamente, recogió una piedra y se la llevó a la espalda para acercársela a Mariana. Ésta adivinó la idea y sigilosamente estiró el brazo.

Cuando sus manos se rozaron, Josefina susurró:

—Voy por Sombrita. Tira la piedra sólo si la víbora se mueve, porque si fallas...

Mariana apretó la mano de su amiga y agarró la piedra.

Josefina avanzó despacio, haciendo un gran arco

en torno a la serpiente. Pulgada a pulgada, tensa y expectante, logró llegar hasta Sombrita, que por una vez permanecía quieta. Se inclinó, tomó a la cabrita en sus brazos y se enderezó. Entonces todo ocurrió en un instante: el cascabel sonó amenazante y Mariana arrojó la piedra, pero no acertó. La serpiente se volvió de repente y, abalanzándose sobre Mariana, le hincó los colmillos en el brazo.

—¡Mariana! —gritó Josefina al ver que su amiga se sujetaba el brazo tambaleándose. De pronto, enfurecida, puso a Sombrita en el suelo, agarró una piedra y la lanzó contra la serpiente con todas sus fuerzas. El animal recibió el golpe de lleno, emitió un repugnante silbido y huyó a tal velocidad que pareció desvanecerse.

Mariana gimió y se dejó caer de rodillas como si toda su energía la hubiera abandonado. Apretaba los ojos jadeante sin derramar una lágrima.

Josefina se agachó junto a su amiga: —Déjame verte el brazo.

Tomó cuidadosamente el brazo de Mariana y no pudo impedir un suspiro al ver las dos pequeñas marcas que habían dejado los colmillos. La herida, amoratada, comenzaba a hincharse, y en la cabeza

*Se inclinó, tomó a la cabrita en sus brazos y se enderezó.*

de Josefina resonaron las palabras de su tía Magdalena: "El veneno puede ser mortal si no se saca al punto".

—Hemos de regresar al poblado, necesitamos ayuda —le dijo alarmada a Mariana.

Mariana intentó levantarse pero volvió a caer de rodillas: —No puedo... no puedo llegar —susurró en un ronco murmullo.

Josefina se arrodilló con el corazón encogido y entonces sintió algo duro en su bolsa: era la raíz de altea que le había dado su tía. La sacó sin vacilar, la machacó entre dos piedras y escupió sobre ella para hacer una pasta. Luego aplicó el ungüento sobre la herida y apretó el brazo suavemente para extraer el veneno. Mariana gemía, pero no apartaba el brazo.

Josefina siguió frotando la herida con el ungüento y siguió apretando el brazo, una y otra vez, sin descanso. Sabía que debía mantener la calma y luchaba contra el pánico que poco a poco la iba dominando. ¡La planta no parecía actuar! ¿Cuánto tardaría en hacer efecto? El brazo de Mariana seguía inflamado. ¿Es posible que no estuviera usando bien la raíz? Tal vez no había entendido las instrucciones de su tía. ¿Qué le pasaría a Mariana si se le envenenaba la sangre? ¡Ojalá hubiera alguien para ayudarla!

Pero nadie apareció. Los minutos parecieron horas. Josefina estaba a punto de desistir y salir corriendo en busca de auxilio cuando, ¡por fin!, su amiga dio un suspiro profundo y tembloroso. Luego abrió los ojos y su cara recobró el color.

Josefina rezó en silencio una breve oración de agradecimiento y le preguntó a su amiga: —¿Podrás caminar si yo te ayudo?

Mariana asintió.

Josefina la ayudó con cuidado a levantarse. Mariana colocó el brazo sano sobre los hombros de Josefina y ésta le pasó un brazo por la cintura para sostenerla por detrás.

—Apóyate en mí —dijo; luego se volvió a Sombrita y añadió—: Escucha, ahora sí que has de ser como mi sombra. No te separes, ¿entendido?

Sombrita pareció comprender, porque fue pegada a las niñas durante el agotador trayecto de vuelta. Lentamente recorrieron el camino que bordeaba el río y lentamente ascendieron la larga cuesta del poblado. Josefina sabía que se habían ausentado mucho tiempo y que su padre y Esteban estarían preocupados, pero no podían ir deprisa. Caminaban encorvadas arrastrando sus pies cansados. Estaban a mitad de camino entre el río y el poblado cuando Josefina vio a su padre y a Esteban avanzando hacia ellas. ¡Jamás se había alegrado tanto de ver a alguien!

El señor Montoya y Esteban corrieron hasta las niñas. Josefina vio inquietud en sus rígidas caras, pero Mariana dijo rápidamente: —Estoy bien. Me mordió una víbora, pero Josefina sabía lo que había que hacer. Cuéntaselo —agregó, dirigiendo una débil sonrisa a su amiga.

El señor Montoya y Esteban miraron fijamente a Josefina, pero la niña estaba demasiado agotada para explicaciones. Simplemente extendió el brazo y mostró la raíz triturada: —Quita el veneno y la llevaba en mi bolsa —dijo.

Sin que su expresión se alterara, Esteban dijo con voz grave: —Gracias, Josefina, gracias.

Luego, tomó a Mariana en sus brazos. El señor Montoya, Josefina y Sombrita los siguieron hasta el poblado.

Más tarde, mientras caminaban de vuelta al rancho, el señor Montoya le pidió a Josefina que le contara todo lo ocurrido. Y eso hizo ella, sin omitir ni un detalle, a pesar de que le faltaba el aliento pues debía dar dos pasos por cada uno de su padre. Cuando habían recorrido un breve trecho, el señor Montoya subió a Josefina y Sombrita a lomos de la mula. Josefina ya no veía el rostro de su padre, pero sabía que él seguía escuchando atentamente su relato.

Josefina abrió un ojo medio dormida. ¿Estaría soñando? Apenas amanecía y sin embargo le parecía oír música. Se sentó en la cama. Francisca y Clara no estaban en la habitación que compartían. Cuando recordó qué día era le brotó una sonrisa: era el día de San José, el día de su cumpleaños.

La puerta se abrió lentamente y bajo la nacarada luz de la mañana aparecieron su padre, su tía Dolores, Ana y su esposo Tomás, Francisca, Clara, Carmen la cocinera y su esposo Miguel. A coro comenzaron a cantar:

*El día que tú naciste*
*nacieron las flores bellas,*
*nació el sol, nació la luna*
*y nacieron las estrellas*

A mitad de canción, Sombrita asomó la cabeza por un rincón y baló como si también ella quisiera cantar. Todos rieron, y la tía Dolores dijo:

—Queríamos sorprenderte con unas lindas mañanitas, pero parece que alguien olvidó la letra.

Josefina agarró a Sombrita y la abrazó.

—Gracias a todos —dijo, un poco turbada por tanta atención—. Me ha gustado mucho.

Las mañanitas fueron sólo la primera de las muchas sorpresas que la aguardaban aquel día. Ana hizo unos bizcochitos para antes del desayuno. A la hora de las oraciones de la mañana, Francisca le mostró a su hermana menor el altar familiar que había decorado con guirnaldas de hierbabuena y hojas de sauce, y la imagen de San José, el santo de Josefina, al que había rodeado de blancos lirios y amarillas florecitas de apio. Clara, siempre práctica, decidió regalarle su ayuda en las tareas de la casa.

Pero cuando llegó el momento de vestirse para la fiesta, Clara tenía una sorpresa menos práctica para su hermana: un par de delicadas zapatillas azules: —Ya es hora de que te las pase, porque casi nunca me las pongo —le dijo.

—¡Ay, Clara! —exclamó Josefina, encantada. La niña se calzó las zapatillas; sólo le quedaban un *poquito* grandes.

—Ya que vas a ir tan elegante —dijo Francisca—, convendría que llevases el abanico de mamá.

—¡Y su mantón! —añadió Ana.

Las cuatro hermanas compartían el abanico y el mantón de su madre, pero sólo los usaban en ocasiones especiales. Josefina se echó el mantón sobre los hombros y se miró la espalda para admirar las brillantes flores bordadas y los flecos satinados que lo adornaban. Luego se abanicó y se vio en verdad elegantísima.

La mesa del banquete, decorada con un bello mantel y con los mejores cubiertos y platos de la casa, también resultaba muy elegante. Dolores había preparado un pan especial. Además había empanadas de carne, tortas de fruta y frutas

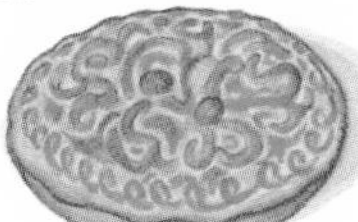

*pan*

confitadas que parecían piedras preciosas. Pero lo mejor era el centro de mesa: un jarrón rojo con una ramita de albaricoque en flor. Josefina sonrió al ver las primorosas flores. Sabía que su tía había cortado aquella rama de su árbol, el árbol al que a ella le gustaba trepar. Recordó entonces el día en que Dolores la había consolado junto al árbol: "A todos se nos ofrece otra oportunidad", le había dicho, "pero hay que tener valor para aprovecharla".

La música, las risas y las alegres voces remolinearon pronto en torno a la mesa. Los amigos, vecinos y trabajadores del rancho fueron llegando con pequeños presentes para Josefina: nueces, dulces y chocolate. Esteban y Mariana le trajeron un regalo maravilloso: un melón que habían enterrado en arena tras la cosecha de otoño para mantenerlo fresco.

Josefina le dio las gracias a Mariana y ésta le dijo: —No es mucho, pero te lo doy con todo mi corazón.

El señor Montoya pidió silencio y comenzó a hablar: —Hoy es el día de San José y mi hija Josefina cumple diez años. Les voy a referir una historia sobre ella.

Josefina sintió la mano de Mariana deslizarse en la suya. Las dos amigas permanecieron quietas, mirando tímidamente al suelo, mientras el señor Montoya relataba la historia de la serpiente. Comenzó por el principio y narró todo lo sucedido. Describió la serpiente de modo tan escalofriante que todo el mundo tembló. Cuando terminó, le pidió a Josefina que se acercara y le entregó unos objetos que parecían conchas. Eran cascabeles de serpiente.

—Los he guardado desde que tenía tus años, en recuerdo de algo que siempre tuve a honra —le dijo—. Ahora te los doy porque me siento orgulloso de ti.

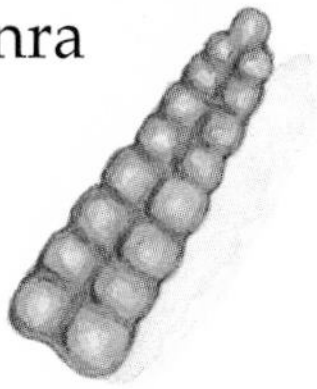

*cascabeles de serpiente*

Todos los presentes aplaudieron y el señor Montoya se agachó para besar la mejilla de su hija. Josefina se sintió más feliz y orgullosa que nunca.

De pronto, la tía Magdalena se le acercó y le dijo: —Mi querida niña.

Josefina sonrió y, alargando la mano, le mostró los cascabeles: —Voy a ponerlos en mi caja de recuerdos —dijo—. Me recordarán cómo descubrí algo muy importante: cómo descubrí que tengo el don de curar.

Magdalena sonrió mirando fijamente a su sobrina: —Sí —dijo simplemente—, lo tienes.

Más tarde, después de la comida, Josefina y su padre se dirigieron al corral de las cabras para ver cómo estaba Sombrita, que no había sido invitada a la fiesta. Sombrita dormía profundamente.

—Es raro verla tan quieta, ¿verdad? —dijo Josefina; la niña y su padre contemplaron el apacible animal y sonrieron.

—Está sana y robusta —dijo el señor Montoya—. No sé que habría sido de ella si tú no hubieras mantenido la promesa de cuidarla después que murió Florecita. Le diste otra oportunidad en la vida.

Josefina y su padre regresaron a casa. Los árboles frutales que florecían en el huerto de la ladera parecían cubiertos por una pálida nube a la luz de la luna. El fresco aire de la noche llegaba suavizado por el aroma de las flores. Josefina respiró profundamente y pensó que ese aire olía a albaricoque: —A todos se nos da otra oportunidad, papá, pero hay que tener valor para aprovecharla. Eso dice la tía Dolores.

—¿Eso dice? —preguntó el señor Montoya—. ¡Ansina que eso dice!

# UN VISTAZO AL PASADO

Cuando Josefina era niña, las mujeres daban a luz en sus casas asistidas por parteras, mujeres que tenían experiencia en facilitar los partos. Tras el parto, las parteras preparaban cocimientos y otros alimentos que ayudaban a las debilitadas madres a recobrar sus fuerzas. Parientas y amigas de la familia ayudaban en el cuidado del recién nacido.

***Partera** atendiendo a un recién nacido*

La muerte de la madre o el bebé durante el parto era en aquellos tiempos mucho más frecuente que ahora. Fiebres y enfermedades como la viruela también acababan con muchas vidas. En Nuevo México, los enfermos o heridos recurrían a los servicios de curanderos como

*Los **curanderos** empleaban plantas como éstas para preparar sus remedios.*

la tía Magdalena. Los curanderos sabían preparar muchos remedios combinando una gran variedad de plantas. Su destreza y sabiduría inspiraban un gran respeto entre la gente.

Los recién nacidos se bautizaban en la iglesia del pueblo un día o dos después de su nacimiento. Antes de la ceremonia, los padres designaban a la madrina y al padrino del niño. Apadrinar a un niño era un gran honor, y entre los padres y los padrinos se creaba una relación que duraba toda la vida. El padrino y la madrina colaboraban en la educación de sus ahijados y se hacían cargo de ellos si quedaban huérfanos. Los niños mantenían una relación especial con sus padrinos, como ocurre entre Josefina y su tía Magdalena.

*Traje de bautizo usado hacia 1830*

Al bebé se le daba nombre cuando se le bautizaba. Generalmente era el nombre de un santo, un ángel o un personaje bíblico. Cada día del calendario católico está consagrado a la memoria de uno o varios santos, y muchos niños recibían el nombre del

*El primer nombre de las niñas solía ser María en homenaje a la madre de Jesucristo, pero, como en el caso de Josefina, era frecuente utilizar sólo el segundo nombre.*

santo correspondiente al día de su nacimiento. Así ocurre con Josefina, que nació el 19 de marzo, día de San José.

Los habitantes de Nuevo México celebraban el día del santo, no el del cumpleaños. Al amanecer de ese día, la familia despertaba al niño cantando unas hermosas mañanitas, con frecuencia acompañadas de guitarra o violín. Todos se reunían después a rezar frente a la imagen del santo engalanada de flores sobre el altar de la casa. Además se preparaban empanadas de fruta o carne, bizcochos, chocolate, pudín de pan y otros platos especiales. A veces se organizaban funciones de marionetas o se leían pasajes de algún libro en voz alta. El niño recibía de sus parientes frutas, nueces y juguetes hechos a mano, y a su vez repartía pequeños regalos entre la gente. El día de su santo, Josefina, acompañada por su padre, habría distribuido monedas o chocolate entre los trabajadores del rancho.

*Caballo de juguete tallado a mano*

*El chocolate era un regalo muy apreciado en las fiestas.*

Estas celebraciones significaban para jóvenes y adultos un bienvenido descanso entre las duras tareas cotidianas. Los niños ayudaban a los hombres a sembrar y regar los campos, a recolectar las cosechas, a pastorear

*Cada primavera, las mujeres y los niños repellaban los muros de casas e iglesias con una nueva capa de* ***adobe****.*

el ganado, a confeccionar sogas o a reparar las herramientas de labranza. Las niñas ayudaban desde muy chicas a las mujeres en las faenas domésticas: cocinaban, atendían los huertos, lavaban la ropa, cosían y remendaban, recogían agua, alimentaban a las gallinas y cuidaban a los bebés. El trabajo de los niños y las niñas contribuía al mantenimiento de la familia.

En presencia de personas mayores, e incluso de sus propios padres, los niños debían guardar silencio y compostura. Como muestra de respeto, permanecían con las manos enlazadas frente al cuerpo y la cabeza inclinada cuando saludaban a un adulto, y sólo hablaban a los mayores cuando éstos se dirigían a ellos.

Los niños de Nuevo México tenían que trabajar mucho y comportarse respetuosamente, pero también se divertían. La gente

*Ordeñar las cabras era una tarea habitual para las niñas de Nuevo México. Con la leche se hacía queso.*

*Este cuadro representa a unos niños pueblo jugando al* ***shinny****, un juego parecido al hockey que fue adoptado por los colonos españoles y que aún hoy se practica en Nuevo México.*

cantaba, narraba historias y decía adivinanzas y trabalenguas durante el trabajo diurno o sentada frente al fuego al caer la noche. Los niños jugaban con muñecas y figuritas caseras hechas de tela, hilo, madera, arcilla, plumas o cuero. Los varones practicaban juegos de pelota, y las niñas se entretenían con un juego que consiste en formar figuras de hilo con los dedos. Entre los pasatiempos de origen español eran muy populares los juegos cantados, como *La víbora de la mar* y un juego de acertijos llamado *El florón*.

En tiempos de Josefina, los jóvenes recibían la primera comunión cuando cumplían 12 ó 13 años, más tarde que los católicos actuales. A partir de entonces eran tratados como adultos. A las muchachas se les

*Las niñas ensayaban pasos de danza en sus casas como preparación para el momento en que se les permitiría bailar con muchachos.*

permitía recogerse el pelo o bailar con muchachos, y a los 15 años ya tenían edad para casarse. Los matrimonios eran acordados por los padres. Cuando un joven quería casarse, solicitaba a su padre o a un tío que escribiera una carta a los padres de la muchacha para pedir la mano de ésta; en la carta se describían las virtudes del pretendiente y su familia. Si la propuesta era aceptada, la familia de ella visitaba a la del joven en

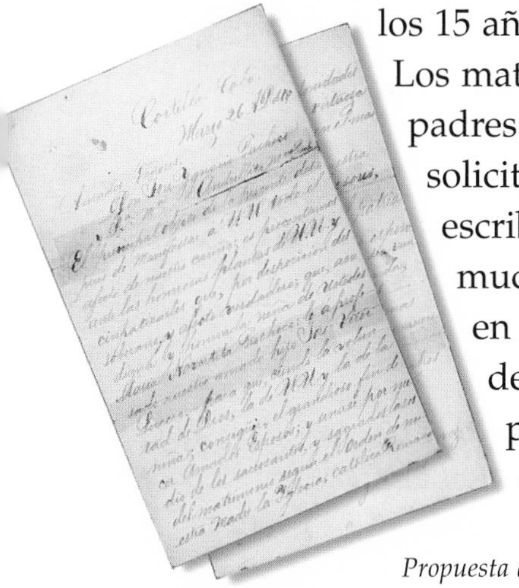

*Propuesta de matrimonio escrita hacia 1820*

*Las propuestas de matrimonio se rechazaban dejando calabazas en la puerta del pretendiente.*

pocos días o semanas. Si la propuesta era rechazada, la familia enviaba una calabaza a la familia del pretendiente. Esto se consideraba más cortés que un "no" directo.

Las bodas eran grandes acontecimientos celebrados con bailes y banquetes que podían durar varios días. A las niñas como Josefina se las educaba para ser esposas y madres, y la mayoría contraía matrimonio en la adolescencia. Las pocas que, como Dolores, no se casaban por lo general vivían con sus parientes dedicadas al cuidado de la familia.

*Boda celebrada en Nuevo México en 1912. En tiempos de Josefina las bodas eran ocasión de grandes festejos a los que acudían parientes y amigos desde los lugares más alejados.*

# The American Girls Collection®

Did you enjoy this book? There are lots more! Read the entire series of books in The American Girls Collection.® Share all the adventures of Felicity, Josefina, Kirsten, Addy, Samantha, and Molly!

And while books are the heart of The American Girls Collection, they are only the beginning. Our lovable dolls and their beautiful clothes and accessories make the stories in The American Girls Collection come alive.

To learn more, fill out this postcard and mail it to Pleasant Company, or call **1-800-845-0005**. We'll send you a catalogue full of books, dolls, dresses, and other delights for girls.

**I'm an American girl who loves to get mail. Please send me a catalogue of The American Girls Collection:**

My name is ______________________________

My address is ______________________________

City ____________________ State ________ Zip ________

Parent's signature ______________________________

1961

**And send a catalogue to my friend:**

My friend's name is ______________________________

Address ______________________________

City ____________________ State ________ Zip ________

1225

If the postcard has already been removed from this book and you would like to receive a Pleasant Company catalogue, please send your name and address to:

**PLEASANT COMPANY**
**PO BOX 620497**
**MIDDLETON WI 53562-9940**
**or, call our toll-free number**
**1-800-845-0005**

NO POSTAGE
NECESSARY
IF MAILED
IN THE
UNITED STATES

**BUSINESS REPLY MAIL**
FIRST-CLASS MAIL PERMIT NO. 1137 MIDDLETON WI

POSTAGE WILL BE PAID BY ADDRESSEE

**PO BOX 620497**
**MIDDLETON WI 53562-9940**